AUX PARENTS

Lisez tout haut avec votre enfant

Des recherches ont révélé que la lecture à voix haute est le meilleur soutien que les parents puissent apporter à l'enfant qui apprend à lire.

- Lisez avec dynamisme. Plus vous êtes enthousiaste, plus votre enfant aimera le livre.
- Lisez en suivant avec votre doigt sous la ligne, pour montrer que c'est le texte qui raconte l'histoire.
- Donnez à l'enfant tout le temps voulu pour examiner de près les illustrations; encouragez-le à remarquer des détails dans les illustrations.
- Invitez votre enfant à dire avec vous les phrases qui se répètent dans le texte.
- Établissez un lien entre des événements du livre et des événements semblables de la vie quotidienne.
- Si votre enfant pose une question, interrompez votre lecture et répondez-lui. Le livre peut être une façon d'en savoir davantage sur ce que pense votre enfant.

Écoutez votre enfant lire tout haut

Pour que votre enfant poursuive ses efforts dans l'apprentissage de la lecture, il est indispensable de lui montrer que vous le soutenez, en lui accordant votre attention et vos encouragements.

- Si votre enfant apprend à lire et demande comment se prononce un mot, répondez-lui immédiatement pour ne pas interrompre le fil de l'histoire. NE DEMANDEZ PAS à votre enfant de répéter le mot après vous.
- Par ailleurs, si votre enfant le répète de lui-même, ne l'empêchez pas de le faire.
- Si votre enfant lit à voix haute et remplace un mot par un autre, écoutez bien pour surveiller si le sens est le même. Par exemple, s'il dit «chemin» plutôt que «route», l'enfant a conservé la bonne signification. N'interrompez pas sa lecture pour le corriger.
- Si la substitution ne respecte pas le sens (par exemple, si l'enfant dit «noire» au lieu de «poire»), demandez à l'enfant de lire la phrase de nouveau parce que vous n'êtes pas sûr d'avoir bien compris ce qu'il a lu.
- L'important, c'est d'avoir autant de plaisir que l'enfant à le voir maîtriser de plus en plus le texte et, surtout, de l'encourager encore et encore. Vous êtes le premier professeur de votre enfant — et celui qui a le plus d'importance. Vos encouragements sont ce qui déterminera si l'enfant voudra prendre des risques et aller plus loin dans l'apprentissage de la lecture.

— Priscilla Lynch, Ph D.
Conseillère en pédagogie,
New York University

Pour tous les enfants, visibles et invisibles, que j'ai
rencontrés au cours de mes voyages.
— E.L.

Pour Trinka H. Noble, et tous les mystères de la vie.
— D.B.

Données de catalogage avant publication (Canada)
Levy, Elizabeth
Le mystère de la cour d'école
(Je peux lire)
Traduction de : The schoolyard mystery.
ISBN 0-590-24554-6
I. Brunkus, Denise. II. Titre. III. Collection.
PZ23.L48My 1995   j813'.54   C95-930643-9

Titre original : The Schoolyard Mystery

Édition publiée par Les éditions Scholastic,
123, Newkirk Road, Richmond Hill (Ontario) L4C 3G5

4 3 2 1   Imprimé aux États-Unis   5 4 3 2/9

Le mystère de la cour d'école

Texte de Elizabeth Levy

Illustrations de
Denise Brunkus

Texte français de
Christiane Duchesne

Je peux lire! — Niveau 4

Les éditions Scholastic
123, Newkirk Road, Richmond Hill (Ontario) Canada

Chapitre 1

Des larmes, des larmes!

Grégoire Lande entre dans la classe, la tête et les mains couvertes de bandages. On dirait qu'il a survécu à un terrible incendie. La classe entière retient son souffle, même Charlie Lenoir qui est vilain avec tout le monde.

Justin reste bouche bée. Grégoire est son meilleur ami. Il a entendu parler de l'accident. Grégoire a une tête épouvantable! Il vient s'asseoir à côté de Justin.

Justin griffonne une note et la passe à Grégoire.

Salut! Content de te revoir!

Grégoire tourne la tête vers Justin. Justin regarde entre les bandelettes, mais il n'arrive pas à voir les yeux de Grégoire.

Il croit pourtant voir une petite larme.

Justin essuie une larme de son oeil à lui. Il renifle. Ce monceau de bandelettes, c'est son meilleur ami. Justin ferait n'importe quoi pour aider Grégoire.

Grégoire prend un crayon dans sa main bandée. Il arrive à peine à le tenir. Grégoire trace lentement chaque lettre. Il passe le papier à Justin.

Je ne suis pas malade! Seulement invisible!

Justin lit le message et se demande si le problème n'est pas *dans* la tête de Grégoire. Même si c'était le cas, il resterait toujours son meilleur ami.

Quoi qu'il arrive.

Pendant la récréation, monsieur Bertrand, leur professeur, apporte un gigantesque ballon sur lequel sont dessinés les continents et les océans. Le ballon est presque aussi haut que monsieur Bertrand, qui mesure presque deux mètres.

— Le comité de parents fait cadeau de ce ballon à la classe de deuxième année, dit monsieur Bertrand. C'est bien, n'est-ce pas? Attention de ne pas vous faire écraser par l'Amérique du Sud!

Les enfants crient quand le ballon roule vers eux comme un bulldozer géant. Monsieur Bertrand va vers les balançoires pour parler à mademoiselle Andrée, le professeur de maternelle.

Charlie attrape le ballon et essaie de le soulever au-dessus de sa tête. Le ballon est tellement gros que Charlie titube et tombe à la renverse.

Le ballon rebondit sur sa tête. Marianne fait rouler le ballon plus loin et le lance à Justin. Il rebondit encore. Le ballon est beaucoup plus léger qu'il ne semble.

D'un coup de pied, Justin lance le ballon au milieu du groupe. Grégoire se tient un peu à l'écart. Justin est mal à l'aise. Grégoire ne peut pas jouer à cause de tous ces bandages.

Justin va le rejoindre pour le faire rire un peu.

— Monsieur Bertrand demande à mademoiselle Andrée si elle veut bien sortir avec lui, dit Justin à Grégoire.

Grégoire rit à travers ses bandages. Il connaît le truc de Justin pour entendre les secrets que se disent les professeurs. Justin n'entend pas bien d'une oreille. Ses professeurs lui parlent dans un micro spécial. Le son parvient à Justin par un petit appareil radio qu'il porte à son cou. Mais monsieur Bertrand oublie souvent de fermer son micro. Justin entend toutes sortes de choses qu'il ne devrait pas entendre. Les gens oublient souvent, aussi, qu'il sait lire sur les lèvres.

Tout à coup, Grégoire s'éloigne, comme une momie dans ses bandelettes. Justin se dit que Grégoire doit se sentir un peu perdu.

Justin le suit. Grégoire tourne le
coin près des balançoires. Justin
aperçoit par terre les vêtements de
Grégoire et un tas de bandages. Est-ce
qu'il est devenu fou? Est-ce qu'il a
arraché ses bandages?

— Grégoire! Grégoire! crie Justin.

Justin sent quelque chose lui
fermer la bouche, mais il ne voit rien!

Justin essaie de crier.

— C'est moi, Grégoire! dit une voix dans la bonne oreille de Justin.

Justin inspire profondément. Ce qui lui ferme la bouche pourrait bien être une main. C'est chaud, c'est vivant. Mais Justin ne voit absolument rien.

— Jure-moi de ne pas crier, dit la voix.

Justin hoche la tête et il sent les doigts s'éloigner de sa bouche. Il pivote sur lui-même pour voir Grégoire. Mais il n'est pas là! C'est de l'air qu'il a devant lui.

Justin bat l'air des mains. Il pointe le doigt et touche à quelque chose de mou.

— C'est mon ventre, dit Grégoire.

— Grégoire? demande Justin, la voix tremblante.

— C'est moi, répète Grégoire. En chair et en os.

— Quelle chair? demande Justin. Je ne peux pas te voir.

— Je sais bien, dit Grégoire d'une voix toute triste. Tu ne peux pas lire sur mes lèvres, je n'ai plus de lèvres. Mais tu m'entends, n'est-ce pas? Je parle dans ta bonne oreille?

— Je t'entends très bien. Mais que t'est-il arrivé? Pourquoi je ne te vois plus? Tu peux tout me dire, je suis ton ami.

Justin tend le bras pour prendre son ami par l'épaule, mais c'est du vide.

— Comment est-ce arrivé?

— Tu sais, dit Grégoire, que mes parents adorent explorer les cavernes. Nous marchions dans une de ces cavernes. Il faisait très noir et c'était humide. J'ai glissé et je suis tombé dans une mare. Quand j'en suis sorti, j'étais mouillé et j'avais froid, mais autrement, tout allait bien. Il faisait bien trop noir pour voir quelque chose. Quand nous sommes sortis, ma mère criait : «Je t'entends, mais je ne te vois pas!» Elle pleurait et moi, j'étais mort de peur.

— Tu veux dire que tu ne t'es pas brisé un seul os? dit Justin.

— Je n'avais rien, pas même une égratignure.

Justin regarde dans le vide juste à côté de lui. Il essaie d'imaginer où est Grégoire.

— C'est trop bizarre, dit-il.

— Bizarre? *Tu* trouves ça bizarre? Imagine-toi à ma place! Je me sens parfaitement bien, mais personne ne peut me voir.

— C'est plus facile avec tes bandages.

— Je déteste ces bandages, dit Grégoire. Le médecin a dit que je devais les porter pour que les autres me traitent de façon normale. Mais ça pique. Et personne ne me traite de façon normale.

— Je vais essayer, dit Justin.

Tout à coup, Justin voit quelque chose bouger dans le coin des balançoires.

— Justin! Tu lis sur tes propres lèvres? À qui tu parles, babine? crie Charlie.

Justin fronce les sourcils. Charlie a une très grande bouche, c'est très facile de lire sur ses lèvres.

— Mêle-toi de tes gros oignons, Charlie! réplique Justin.

Charlie sursaute comme si une main invisible le chatouillait.

Charlie regarde autour de lui et court rejoindre les autres.

— On va pouvoir s'amuser, dit Grégoire au moment où monsieur Bertrand lance un coup de sifflet.

C'est la fin de la récréation. Grégoire remet ses bandages.

— Je suis trop vieux pour ces choses-là, dit Justin.

— Trop vieux pour quoi? demande Grégoire.

— Pour avoir un ami invisible...

Chapitre 2
Le bien d'abord!

— Maman, je ne mettrai plus mes bandages à l'école, déclare Grégoire en rentrant à la maison. C'est trop difficile de parler.

Sa mère s'inquiète.

— Les médecins pensent que les autres enfants ne sont pas encore prêts à t'accepter parce que tu es trop... euh... différent d'eux.

— J'ai dit à Justin ce qui m'était arrivé et *il* ne s'est pas énervé, insiste Grégoire.

Le lendemain, Grégoire met ses vêtements et sa casquette de baseball, mais pas de bandages.

Au début du premier cours, il explique à toute la classe ce qui lui est arrivé.

Marianne lève la main.

— Je pense que tu es très courageux, dit-elle.

— Marianne, tout ce que j'ai fait,
c'est de tomber dans une mare dans
une caverne.

— Je veux dire courageux de venir à l'école sans bandages, dit Marianne. De nous montrer qui tu es.

— Il n'est rien, dit Charlie. Il n'est même pas là.

— Oui, il y est, dit Justin. Grégoire est toujours le meilleur de la classe. Trois hourras pour Grégoire.

— Hourra, hourra, hourra! crient tous les élèves avec Marianne.

Autour de la casquette de Grégoire, l'air prend une légère teinte rose.

— Ça suffit, maintenant, dit monsieur Bertrand. Grégoire est invisible, mais cela ne doit pas nous permettre de crier en classe. Le règlement, c'est le règlement.

Monsieur Bertrand se tourne vers Marie.

— Marie, tu n'as pas oublié que tu dois nous apporter quelque chose demain.

Marie ne lève même pas les yeux.
Elle est très timide. En classe, elle
n'ouvre presque jamais la bouche.

Le lendemain, Marie s'avance
devant la classe, tenant serrée contre
elle une petite cage.

— C'est ma salamandre, murmure-
t-elle. Elle s'appelle Paillasson parce
que je l'ai trouvée sur le paillasson.

— Veux-tu nous en parler un peu
plus? demande monsieur Bertrand.

Marie secoue la tête.

— Si on l'écrase, elle sera plate comme un paillasson, dit Charlie.

— On dit plate comme une galette, ignorant! dit Marianne.

— Il dit toujours n'importe quoi, dit Justin.

Marie est pétrifiée. Elle n'aime pas du tout qu'on parle de salamandres écrasées. Elle tient la cage de Paillasson encore plus serrée.

Monsieur Bertrand lui dit qu'elle peut aller s'asseoir.

Plus tard, dans le terrain de jeu, monsieur Bertrand va chercher le ballon géant. Il ne le trouve pas.

Monsieur Bertrand est très ennuyé. Il demande à tous les élèves s'ils savent où se trouve le ballon.

— Grégoire l'a emmené avec lui dans le triangle des Bermudes, dit Charlie. C'est bien là que tout disparaît?

— Tu devrais disparaître, toi-même! crie Justin.

Monsieur Bertrand va voir la directrice et un groupe de professeurs.

— Qu'est-ce qu'il dit? demande Grégoire.

— Je ne sais pas, répond Justin. Il a fermé le micro.

Grégoire se déshabille et donne ses vêtements à Justin.

— Tiens. Garde-les un instant! J'y vais, totalement invisible.

Justin reste là, les vêtements de Grégoire entre les mains. Il se sent complètement idiot. Il se sent tout à fait idiot quand Marianne vient lui demander ce qu'il fait.

Un instant plus tard, les vêtements bondissent des mains de Justin.

— Tourne-toi, Marianne! Je suis tout nu, dit Grégoire.

— Tu es invisible, dit Marianne, les poings sur les hanches.

— Tourne-toi! siffle Grégoire.

Marianne se retourne et Grégoire s'habille rapidement.

— Les professeurs sont très fâchés. Le ballon a coûté très cher. Mademoiselle Andrée a accepté le rendez-vous de monsieur Bertrand, dit Grégoire. Et puis, madame Gourde, la vieille maîtresse de première année, est enceinte.

— Grégoire Lande, tu espionnes les professeurs! s'écrie Marianne. C'est terrible. Est-ce qu'ils ont parlé de moi?

— Oui! Ils ont dit que tu es une PPTLMMPLP!

— Une quoi? dit Marianne, un peu fière.

— Une PPTLMMP! Une-peste-pour-tout-le-monde-même-pour-les-profs.

Marianne fait la moue.

— Il se moque de toi, dit Justin.

Puis il explique à Marianne comment il entend les secrets des professeurs grâce à sa radio.

— Tu vois, je peux découvrir des choses que les gens ne veulent pas que je sache. Pour Grégoire, c'est pareil. Il se déshabille, devient complètement invisible. Cela nous rend spéciaux, tous les deux.

— Qu'est-ce qu'il y a de si spécial à écornifler et à faire des blagues ridicules pour m'ennuyer? demande Marianne.

Grégoire gratte son chandail.

— Je ne voulais pas t'ennuyer.

— Utilisez donc vos pouvoirs pour faire du bien, pas du mal!

— Marianne, nous ne sommes pas des super héros, dit Grégoire.

Justin approuve de la tête.

— Je sais. Mais Justin peut lire sur les lèvres. C'est rare. Et quelqu'un comme toi, Grégoire, c'est très rare!

— C'est vrai. Nous pourrions nous appeler *Les justiciers rares et bizarres.*

Justin éclate de rire.

Marianne garde son sérieux.

— Nous pourrions aider les enfants qui ont des problèmes, dit-elle. Je sais. Nous pourrions nous appeler *Invisible et compagnie*? La compagnie qui remet l'envers à l'endroit.

— Comment ça, *nous*? Tu ferais quoi?

— Je suis celle qui y a pensé, dit Marianne. Et vous avez besoin d'une fille dans votre compagnie. C'est la loi.

— Elle a sans doute raison, dit Justin.

Cet après-midi-là, ils vont tous les trois chez Grégoire.

— Il nous faut des cartes d'affaires, dit Marianne, pour que les gens sachent que nous sommes prêts à les aider.

Justin s'installe à l'ordinateur de Grégoire. Marianne dicte ce qu'il faut écrire.

Justin tape à mesure et imprime le texte sur un carton.

> **Invisible et cie.**
>
> **Nous remettons l'envers
> à l'endroit.**
>
> **Confiez-nous vos problèmes.**
>
> **Nous vous aiderons.**

Le carton flotte dans l'air.
Grégoire le tient sans ses gants.

— Je pense que nous devrions
écrire à l'encre invisible, dit Marianne
en regardant par-dessus l'épaule de
Grégoire.

— Ouais? Et ça se trouve, de
l'encre invisible? demande Justin.

— Dans le frigo, dit Marianne. Le
jus de citron est invisible sur un papier
blanc. Mais quand on le tient près de
la chaleur, il apparaît.

— Super! s'écrient Grégoire et
Justin.

Grégoire ouvre le frigo, pousse quelques saucisses pour prendre les citrons.

— Vous savez, dit-il, c'est la première fois depuis l'accident que je me sens un peu normal.

Tout à coup, Marianne pousse un cri.

— Il y a une saucisse qui se sauve!

Une saucisse crue flotte à quelques centimètres du plancher.

— C'est mon chien Max, dit Grégoire. Il est tombé dans l'eau en même temps que moi. Regardez bien! Le bout de sa queue n'a pas touché à l'eau.

Justin aperçoit une tache de poils bruns.

Des morceaux de saucisses se mêlent dans l'air à la salive du chien.

— Génial, dit Marianne. On dirait une expérience scientifique!

— C'est plutôt dégoûtant, dit Justin.

Il prend les citrons que lui tend Grégoire et en extrait le jus. Il faut une quantité de citrons, mais Invisible et cie existe maintenant de façon officielle.

Chapitre 3

Une salamandre en otage

Le lendemain, Grégoire, Justin et Marianne distribuent leurs cartes d'affaires à l'école. Charlie Lenoir en prend une et éclate de rire.

— Un carton blanc!

— Place-le près d'une source de chaleur, dit Grégoire.

Charlie tient la carte sous une ampoule.

— Qu'est-ce que c'est, Invisible et cie? Les enfants ne peuvent pas avoir de compagnies.

— Oui, ils le peuvent. N'est-ce pas, monsieur Bertrand? dit Marianne.

— Je crois que c'est très bien, mes enfants, que vous aidiez Grégoire, dit monsieur Bertrand.

— Nous ne le faisons pas pour aider Grégoire, dit Justin, impatient. Grégoire, moi et Marianne, nous aidons les gens qui ont des problèmes.

— Grégoire, Marianne et *moi*, corrige monsieur Bertrand. Chers enfants, je suis encore très fâché à l'idée qu'on ait volé le ballon géant. Si n'importe lequel d'entre vous sait quelque chose à ce sujet, qu'il me le dise. La directrice, madame Delacour, et moi, chercherons tant que nous ne trouverons pas celui ou celle qui a pris le ballon. Ce ballon appartient à l'école.

Grégoire passe un mot à Justin.

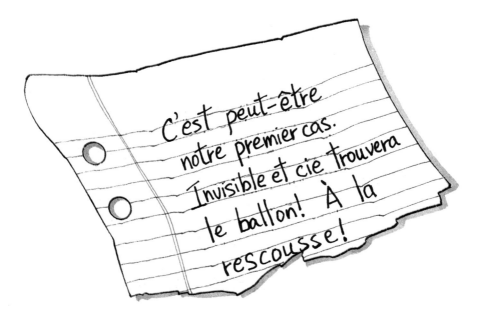

C'est peut-être notre premier cas. Invisible et cie trouvera le ballon! À la rescousse!

Marianne et Justin approuvent de la tête.

Marie lève la main. Marie ne lève presque jamais la main.

— J'ai un aveu à faire, murmure-t-elle. C'est moi.

— Toi quoi? demande monsieur Bertrand.

Marie fixe le plancher.

— J'ai pris le ballon, bégaie-t-elle.

Monsieur Bertrand la regarde fixement.

— *Toi*, Marie? Où est-il?

Marie ouvre de grands yeux.

— Je... euh... Je l'ai piqué avec mon crayon, j'ai fait un trou dedans et je l'ai enterré. Je ne sais plus où.

— Marie! s'exclame monsieur Bertrand. C'est terrible de faire une chose comme celle-là. Et cela ne te ressemble pas du tout. Pourquoi as-tu fait ça?

Marie ne répond pas.

— Je te verrai après la classe, dit monsieur Bertrand.

Grégoire écrit un mot et le passe à Marianne et à Justin. *On vient de perdre notre cas.*

Marianne écrit en guise de réponse :

Non! Je suis sûre que Marie est innocente. Elle a besoin de nous.

Justin approuve.

Grégoire aussi, mais personne ne peut le voir.

À l'heure du lunch, les membres de Invisible et cie demandent à Marie s'ils peuvent lui parler.

— Je pense que non, dit Marie.

Marianne tient une de ses cartes au-dessus de l'assiette de pâtes bien chaudes. Lentement, on voit apparaître *Invisible et cie. Nous remettons l'envers à l'endroit.*

— Tu as besoin de nous, dit Marianne.

— Non, laissez-moi tranquille, dit Marie.

Elle se sauve en courant.

— C'est brillant! dit Justin. Notre
première cliente s'enfuit. Invisible et
cie vient de marquer un magnifique
zéro.

— Suis-la, Grégoire, dit Marianne.
Quelque chose ne tourne pas rond.

Grégoire se déshabille et part à la
suite de Marie.

Grégoire reste absent un bon
moment. Quand il revient, il enfile ses
vêtements.

— Vous ne croirez jamais ce que ce
gros imbécile de Charlie fait à Marie,
dit-il.

— Quoi? demandent Marianne et
Justin.

— Vous vous rappelez la salamandre que Marie a apportée à l'école?

— Paillasse? dit Justin.

— Paillasson, dit Grégoire. L'affreux Charlie a percé le ballon avec son crayon et Marie l'a vu. Alors, il tient Paillasson en otage et il la fait s'accuser à sa place.

— Oh! Pauvre Paillasse, dit Justin.

— Pas Paillasse, Paillasson, disent Grégoire et Marianne d'une même voix.

— On ne peut pas le laisser faire, dit Marianne.

Elle part à grands pas faire avouer Charlie.

Justin l'attrape.

— Attends, dit il. Il va tout nier. Il faut lui tendre un piège.

— Comment? demande Grégoire.

Justin tapote sa radio.

— J'ai un plan, murmure-t-il.

Chapitre 4
Une poignée de main

— Il faut que je te parle, dit Justin à Charlie pendant la récréation.

— Ouais! Toi et qui d'autre? Est-ce que l'invisible est avec toi? demande Charlie.

— Non, je suis seul, dit Justin.
Il s'adosse contre le mur.

— Comment puis-je savoir que l'invisible n'est pas caché derrière toi? dit Charlie.

— Tu m'as poussé dans un coin! dit Justin. Si Grégoire était derrière moi, il serait écrabouillé!

— J'aime bien les trucs écrabouillés, dit Charlie. Qu'est-ce que tu veux? Tu m'entends? Veux-tu que je parle plus fort?

— Non, dit Justin en montrant sa radio. Je t'entends très bien. Je sais que c'est la mauvaise personne qui

s'accuse du vol du ballon. Le coupable, c'est toi.

— Marie te l'a dit? demande Charlie.

Justin hoche la tête sans dire un mot.

— Tu ne peux rien faire, dit Charlie. Marie n'a jamais de problèmes. Monsieur Bertrand ne la punira pas. C'est pour ça que je l'ai choisie. Mais elle s'est mis les pieds dans les plats en t'avouant tout. Elle ne reverra jamais sa salamandre.

Charlie repousse Justin et lui lance un mauvais regard.

— N'essaie pas de me suivre, lance-t-il.

Justin ne bouge pas.

L'année dernière, le comité de parents a fait construire un immense bac à sable pour les petits de maternelle. C'est là que se dirige Charlie. Il creuse un peu dans le sable. La salamandre de Marie est là dans sa cage, et dessous, le ballon géant déchiré.

Grégoire saisit la cage et s'enfuit en courant.

— Hé! crie Charlie.

Tout ce qu'il voit, c'est la cage qui flotte à vive allure à travers le terrain de jeu. Grégoire tend la cage à Marie. Marie ouvre grand la bouche. Paillasson a volé jusque dans ses mains!

Justin court vers Charlie.

— Tu as choisi la mauvaise personne, idiot! Tout ce que tu as dit est enregistré sur ruban. Ce n'est pas ma radio, mais un magnétophone.

— Espèce de petite pourriture! dit Charlie.

Il essaie d'arracher l'appareil du cou de Justin.

Tout à coup, des mains invisibles
le tirent par derrière.

Charlie essaie de frapper Grégoire,
mais il frappe dans le vide.

— Qu'est-ce qui se passe?
demande monsieur Bertrand.

— Charlie a quelque chose à vous
dire, dit Marianne.

Charlie croise les bras sur sa
poitrine et secoue la tête.

Justin tapote son appareil.

— Veux-tu que je fasse jouer une cassette pour monsieur Bertrand? demande-t-il.

Monsieur Bertrand baisse les yeux et aperçoit le ballon dégonflé.

— Qu'est-ce que le ballon fait ici? demande-t-il.

Charlie soupire. Il sait qu'il est fait.

— C'est moi, le coupable, dit-il. Je jouais avec mon crayon et il a glissé. Marie est innocente. Elle a avoué pour être gentille.

Marie passe la main sur le dessus de la cage.

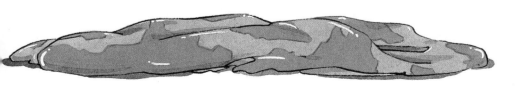

— Tu vas tout de suite aller au bureau de la directrice, dit monsieur Bertrand.

Il regarde Marianne et Justin.

— Je suis heureux de connaître enfin la vérité. On pourra peut-être réparer le ballon. Est-ce que vous avez quelque chose à voir avec ça?

— Invisible et cie est venue à la rescousse! dit Marianne.

Monsieur Bertrand sourit. Il emmène Charlie chez la directrice.

Grégoire revient avec ses vêtements et sa casquette de baseball. Il essaie de reprendre son souffle. Son chandail se gonfle et se dégonfle.

— Je ne sais pas comment vous remercier, dit Marie.

Justin sourit.

— Parle, c'est déjà beaucoup, dit-il. Je n'entends rien quand tu marmonnes.

— Et n'oublie jamais d'appeler
Invisible et cie quand la situation est
désespérée, dit Marianne.

Justin et Grégoire essaient de se
serrer la main, mais la main de Justin
traverse l'air.

Finalement, leurs mains se
rejoignent et ils se donnent une solide
poignée de main.

— Il y a encore du travail à faire,
dit Marianne en posant sa main par-
dessus celle de Justin.

— Ouais, dit Justin. Il faut travailler les poignées de main. Difficile avec une main invisible.

— Rien n'est difficile pour Invisible et cie, dit Marianne.

Justin sourit. Il ne peut pas le voir, mais il est convaincu que Grégoire sourit, lui aussi.